U0065165

這本可愛的小書是屬於

_____ 的！

國家圖書館出版品預行編目資料

弟弟呢?－第一次失去好朋友 / 洪于倫著;巫佩珊
　繪.－－初版一刷.－－臺北市：三民，2005
　　面；　　公分.－－(兒童文學叢書.第一次系列)

　　ISBN 957-14-4210-0　(精裝)

850

網路書店位址　http://www.sanmin.com.tw

© 弟 弟 呢 ？
—— 第一次失去好朋友

著作人	洪于倫
繪　者	巫佩珊
發行人	劉振強
著作財產權人	三民書局股份有限公司 臺北市復興北路386號
發行所	三民書局股份有限公司 地址 / 臺北市復興北路386號 電話 / (02)25006600 郵撥 / 0009998-5
印刷所	三民書局股份有限公司
門市部	復北店 / 臺北市復興北路386號 重南店 / 臺北市重慶南路一段61號

初版一刷　2005年2月
編　號　S 856841
定　價　新臺幣貳佰元整
行政院新聞局登記證局版臺業字第○二○○號

有著作權·不准侵害

ISBN　957-14-4210-0　(精裝)

記得當時年紀小

（主編的話）

我相信每一位父母親，都有同樣的心願，希望孩子能快樂的成長，在他們初解周遭人事、好奇而純淨的心中，周圍的一草一木，一花一樹，或是生活中的人情事物，都會點點滴滴的匯聚出生命河流，那些經驗將在他們的成長歲月中，形成珍貴的記憶。

而人生有多少的第一次？

當孩子開始把注意力從自己的身體與家人轉移到周圍的環境時，也正是多數的父母，努力在家庭和事業間奔走的時期，孩子的教養責任有時就旁落他人，不僅每晚睡前的床邊故事時間無暇顧及，就是孩子放學後，也只是任他回到一個空大的房子，與電視機為伴。為了不讓孩子的童年留下空白，也不願自己被忙碌的生活淹沒，做父母的不得不用心安排，這也是現代人必修的課程。

三民書局決定出版「第一次系列」這一套童書，正是配合了時代的步調，不僅讓孩子在跨出人生的第一步時，能夠留下美好的回憶，也讓孩子在面對起起伏伏的人生時，能夠步履堅定的往前走，更讓身為父母親的人，捉住了這一段生命中可貴的片段。

這一系列的作者，都是用心關注孩子生活，而且對兒童文學或教育心理學有專精的寫手。譬如第一次參與童書寫作的劉瑪玲，本身是畫家又有兩位可愛的孫兒女，由她來寫小朋友第一次自己住外婆家的經驗，讀之溫馨，更忍不住發出莞爾。年輕的媽媽宇文正，擅於散文書寫，她那細膩的思維和豐富的想像力，將母子之情躍然紙上。主修心理學的洪于倫，對兒童文學與舞蹈皆有所好，在書中，她描繪朋友間的相處，輕描淡寫卻扣人心弦，也反映出她喜愛動物的悲憫之心。謝謝她們三位加入為

小朋友寫書的行列。

　　當然也要感謝童書的老將們,她們一直是三民童書系列的主力。散文高手劉靜娟,她善於觀察那細微的稚子情懷,以熟練的文筆,娓娓道來便當中隱藏的親情,那只有媽媽和他知道的祕密。

　　哪一個孩子對第一次上學不是充滿又喜又怕的心情?方梓擅長書寫祖孫深情,讓阿公和小孫子之間的愛,克服了對新環境的懼怕和不安。

　　還記得寫《奇奇的磁鐵鞋》的林黛嫚嗎?這次她寫出快被人遺忘的回娘家的故事,親子之情真摯可愛,值得珍惜。

　　王明心和趙映雪都是主修幼兒教育與兒童文學的作家。王明心用她特有的書寫語言,讓第一次離家出走的兵兵,幽默而可愛的稚子之情,流露無遺。趙映雪所寫的雲霄飛車,驚險萬分,引起了多少人的回憶與共鳴?那經驗,那感覺,孩子一輩子都忘不了,且看趙映雪如何把那驚險轉化為難忘的回憶。

　　李寬宏是唯一的爸爸作者,他在「音樂家系列」中所寫的舒伯特,廣受歡迎;在「影響世界的人」系列中,把兩千五百歲的酷老師——孔子描繪成一副顛覆傳統、令人印象深刻的形象,更加精彩。而在這次寫到第一次騎腳踏車的書中,他除了一向的幽默風趣外,更有為父的慈愛,千萬不能錯過。我自己忝陪末座,記錄了小兒子第一次陪媽媽上學的經驗,也希望提供給年輕的媽媽,現實與夢想可以兼顧的參考。

　　我們的童年已遠,但從孩子們的「第一次」經驗中,再次回到童稚的歲月,這真是生命中難忘而快樂的記憶。我希望每一位父母都能與孩子一起走回童年,一起讀書,共創回憶。這也是我多年來,主編三民兒童文學叢書,一直不變的理想。

作者的話

　　我和我先生馬克在流浪狗之家領養了一隻寂寞的大獵犬，我們叫牠歐趴（Opa）。Opa德文的意思是阿公，韓文的意思是哥哥，希臘文的意思是喝采，在我們夫婦倆生命中更是如「喝采」一般欣喜的家人。歐趴與我們住了不到兩個禮拜，就動了第一次外科手術。歐趴在紐約中央公園興高采烈的玩耍時，認識了牠第一個狗朋友，竟然被牠咬傷了。雖然這次手術在歐趴身上留下一道很深長的傷痕，歐趴卻沒有對其他的狗起任何戒心，依舊想要跟所有的狗狗們一起玩耍。當簡宛女士來電問我是否願意替小朋友寫一個有關於每個人的「第一次」，我恍然發現，這就是我要寫的故事。

　　事實上，像歐趴這樣勇往直前，毫不氣餒的面對這變化不斷的世界，跟我先生馬克的個性很相似，因此我請馬克與我再度一起創作。我和馬克一直是舞蹈上的好夥伴，然而，這次的創作雖然不是編舞，我們依舊因想法上的差異而爭吵。事後，這些小爭議令我想起小時候玩過的電動玩具「小精靈」。在「小精靈」的世界裡面有好多小魔鬼會抓你，同時你也要吃掉迷宮裡所有的小圈圈，但當你吃到最後一個圈圈，也就是最後的寶物時，你與小魔鬼的整個關係又會改變。這種關係的轉變就像人生中每一次真實經驗的浮現：豐富多彩，時好時壞……。

　　在「小精靈」的世界裡，小精靈與小魔鬼的關係一直在變，而我們與生命中所有重要角色的互動，也是這樣有趣的在形式上變化。有時候我們會爭吵，有時候我們會一起玩耍，有時候我們會走開一下，有時候我們也會停下來，輕輕提醒對方生命中的寶物在哪裡。

　　但我有時還是會覺得氣餒，忘記人生最重要的寶物在哪裡。我想起小時候對「小精靈」這個遊戲百玩不厭，每次玩都

像第一次一樣新鮮有趣。現在三十三歲的我仍希望自己也能如小精靈與歐趴一般，每一次都熱情勇敢的去體驗人生中的每一齣戲及每個第一次，並能記得我最大的寶藏在哪裡。

在寫作過程中我心中特別的人物一一出現，也突然發現我的先生馬克、我的爸爸、媽媽、哥哥及我的「K書中心」好朋友們，就是在我玩了那麼多「小精靈」，經歷那麼多的「第一次」之後最重要的寶藏。現在想想，也許這個故事就是寫給我自己的。

故事中的「弟弟」是我的「K書中心」好朋友 —— 佩珊的小狗，一年半前因遭小偷跑走了。決定在故事中用「弟弟」這個名字，因為牠在我與先生初戀時一次露營其間如小精靈般一直跟著我們跑。回想起「弟弟」也提醒了我們，再可愛的小精靈有時候也會永久離開，不過我們仍會永遠記得牠。

看完了這個故事，希望小朋友們在走過人生種種「第一次」時，也能夠珍藏每一次真實經驗中的好與壞，即使遇到挫折也不氣餒，在每一個生命片段中，找到自己獨特的寶藏。

我想把這個故事獻給我的父親，洪敏隆先生，我最珍貴最獨特的小精靈。

弟弟呢？

👃 第一次失去好朋友

洪于倫／著

巫佩珊／繪

歐趴住在收容所裡。
他在那裡住了很久，
整天只能待在小小的地方，
還必須睡在水泥地上。
孤單的歐趴常常哭泣，
有時候跟自己說話來打發時間。
他真的好想要一個朋友。

3

有一天，一對夫妻來到收容所。歐趴努力的搖著尾巴，張開嘴微笑，靠近他們撒嬌，希望他們能帶他回去。他們很喜歡歐趴有點傻裡傻氣的樣子，決定帶他回家。

歐趴非常喜歡他的新家和新爸媽，這裡有好多玩具、兩張新床以及一臺新的DVD放影機，還可以跟他的新爸媽睡在一起，他喜歡這裡的一切。歐趴覺得自己非常幸運。

但是新爸媽跟他還是大不相同。

6

歐趴常常趴在窗臺，看著在公園玩耍的同伴，他好羨慕，希望能認識他們，可以和他們一起在公園的大草地上奔跑。

新ㄒㄧㄣ爸ㄅㄚˋ媽ㄇㄚ知ㄓ道ㄉㄠˋ了ㄌㄜ˙歐ㄡ趴ㄆㄚ的ㄉㄜ˙感ㄍㄢˇ受ㄕㄡˋ。

10

對歐趴來說，公園實在
太有趣了。有許多同伴，
歐趴一一打招呼，希望
能認識大家，可惜沒有人
理他這個新來的傢伙。
但是歐趴不放棄，甚至也
試著跟松鼠交朋友，但是
連松鼠也逃開了。歐趴
沒有交到任何一個朋友。

一個幸運的午後，在公園混了好久的弟弟，注意到歐趴邊跑邊笑的模樣，非常可愛，決定和歐趴交朋友。

12

在ㄗㄞˋ公ㄍㄨㄥ園ㄩㄢˊ裡ㄌㄧˇ，歐ㄡ趴ㄆㄚ和ㄏㄜˊ弟ㄉㄧˋ弟ㄉㄧ天ㄊㄧㄢ天ㄊㄧㄢ一ㄧˋ起ㄑㄧˇ玩ㄨㄢˊ耍ㄕㄨㄚˇ。弟ㄉㄧˋ弟ㄉㄧ有ㄧㄡˇ時ㄕˊ咬ㄧㄠˇ咬ㄧㄠˇ歐ㄡ趴ㄆㄚ的ㄉㄜ˙耳ㄦˇ朵ㄉㄨㄛˇ向ㄒㄧㄤˋ他ㄊㄚ說ㄕㄨㄛ悄ㄑㄧㄠ悄ㄑㄧㄠˇ話ㄏㄨㄚˋ，歐ㄡ趴ㄆㄚ抓ㄓㄨㄚ抓ㄓㄨㄚ弟ㄉㄧˋ弟ㄉㄧ的ㄉㄜ˙脖ㄅㄛˊ子ㄗ˙幫ㄅㄤ他ㄊㄚ搔ㄙㄠ搔ㄙㄠ癢ㄧㄤˇ，他ㄊㄚ們ㄇㄣ˙最ㄗㄨㄟˋ喜ㄒㄧˇ歡ㄏㄨㄢ一ㄧˋ起ㄑㄧˇ在ㄗㄞˋ草ㄘㄠˇ地ㄉㄧˋ上ㄕㄤˋ打ㄉㄚˇ滾ㄍㄨㄣˇ，一ㄧˋ起ㄑㄧˇ追ㄓㄨㄟ那ㄋㄚˋ些ㄒㄧㄝ笨ㄅㄣˋ笨ㄅㄣˋ的ㄉㄜ˙松ㄙㄨㄥ鼠ㄕㄨˇ。

13

有時候歐趴的爸媽叫他回家時，歐趴還不太想理會。歐趴很高興，他不只有一個新家，還有一個全世界最好的朋友。

17

20

有一天，歐趴做了一個夢，
進入一個奇幻樂園，好多同伴
在那裡奔跑玩耍，看起來都很
友善、很快樂。

21

22

歐ㄡˉ趴ㄆㄚˉ突ㄊㄨˊ然ㄖㄢˊ覺ㄐㄩㄝˊ得ㄉㄜˊ背ㄅㄟ、後ㄏㄡ、有ㄧㄡˇ種ㄓㄨㄥˇ熟ㄕㄨˊ悉ㄒㄧ的ㄉㄜˊ
碰ㄆㄥ、觸ㄔㄨ、，他ㄊㄚ很ㄏㄣˇ快ㄎㄨㄞ、轉ㄓㄨㄢˇ過ㄍㄨㄛ、身ㄕㄣ來ㄌㄞˊ，興ㄒㄧㄥˋ奮ㄈㄣ、的ㄉㄜˊ
搖ㄧㄠˊ動ㄉㄨㄥ、尾ㄨㄟˇ巴ㄅㄚ，臉ㄌㄧㄢˇ上ㄕㄤ、浮ㄈㄨˊ現ㄒㄧㄢ、一ㄧˊ個ㄍㄜ、大ㄉㄚ、大ㄉㄚ、的ㄉㄜˊ
微ㄨㄟ笑ㄒㄧㄠ、。

23

「弟弟，你跑到哪兒去了？我一直在找你呢！我好想你喔！」歐趴大聲說著。

　　弟弟笑著對他說：「歐趴，我也很想你啊！對不起，突然離開你。其實我生病很久了，但是到奇幻樂園，我就不會有生病的痛苦了。

　　奇幻樂園在很遠很遠的地方，我不能再和你到公園玩了，但是我還是很關心你喔。

歐趴知道弟弟希望他快樂，
歐趴也想讓自己快樂，
這樣弟弟也會跟著快樂。
　　可是，剛開始歐趴快樂
不起來，因為歐趴還是很
想念弟弟，而且在公園裡
也沒有其他朋友。歐趴
很勇敢，他要為弟弟
繼續勇敢下去。他知道
弟弟會一直守護著他，
在奇幻樂園裡全心支持他。

30　　　幾個月後，歐趴交了很多的
新朋友，開心的在公園裡玩耍。

他會永遠的將弟弟
這個全世界最好的
朋友放在心上，
像是他最珍貴的寶藏。

寫書的人
洪于倫

生於臺灣臺北，高中畢業後赴美深造，擁有哥倫比亞大學組織心理學碩士學位，現於美國管理顧問公司擔任專業諮詢顧問。洪于倫從小就喜愛舞蹈、閱讀與創作，在美定居後，除了心理學的專業工作之外，也從事編舞、舞蹈演出，以及瑜伽的教學工作。

這次能有機會為孩子們寫書，是洪于倫與丈夫Mark Drahozal初次在文字創作上的合作，也是最大的快樂，希望能一直寫下去。

洪于倫非常感謝丈夫、簡宛女士，以及她「K書中心」的一群好朋友，在這次寫作過程中給她的幫助與支持。目前洪于倫與丈夫和大獵犬歐趴定居於美國紐約。

畫畫的人
巫佩珊

總共唸了九年的藝術。在紐約做設計兩年，現在在臺灣賣東西。能畫畫。洪于倫的同類，K書中心的成員，爸媽的女兒，弟弟的媽媽。將此書獻給我的爸爸巫新財先生及媽媽范麗和女士，K書中心的所有好朋友及我的弟弟。我愛你們！感謝珍妮的支持及志佳的幫助。希望大家能一起進入歐趴和弟弟的世界，一起享受每個特殊的第一次。最後，弟弟，我很想你。

弟弟呢？歐趴找不到弟弟，原來弟弟到了夢幻王國了。後來歐趴也認識了許多新朋友，不過，牠還是記得弟弟喔！你呢？你有沒有好朋友？想不想要一個「狗」朋友？現在就請準備以下的材料，動手做做看。

準備材料

紙袋、色紙、彩色筆、剪刀、膠水。

進行步驟

(1)將紙袋的兩個角往內折進去。

(2)用色紙剪出小
狗耳朵、舌頭
的形狀，貼在
紙袋上。再以
彩色筆畫上小
狗的眼睛以及
鼻子。

你還可以用不同顏色的紙袋，做出不同造形的動物朋友，
再將紙袋穿在手上，就是好玩又好看的紙袋玩偶囉！

兒童文學叢書
・第一次系列・

童年無法NG，生命不能重來

三民書局最新出版

兒童文學叢書・**第一次系列・**

提供孩子生活所需的智慧維他命，騎腳踏車、

與孩子共享生命中的成長初體驗！